AF247285

MODÈLE
D'UN BON ROI,

PROPOSÉ

A MGR LE DUC DE BORDEAUX.

MODÈLE
D'UN BON ROI,

PROPOSÉ

A MGR LE DUC DE BORDEAUX,

COLONEL-GÉNÉRAL DES SUISSES,

DÉDIÉ ET PRÉSENTÉ

A S. A. R. MGR LE DAUPHIN,

LE 12 MARS 1825,

PAR Adolphe DE CRÉCY Champmilon.

PARIS.
IMPRIMERIE DE FIRMIN DIDOT,

IMPRIMEUR DU ROI, RUE JACOB, N° 24.

MDCCCXXV.

MODÈLE
D'UN BON ROI,

PROPOSÉ

A Mgr LE DUC DE BORDEAUX.

> ..... Tantoque remoto
> Principe, mutatas orbis non sensit habenas.
> Claudien.
> Hunc pater Æneas, et avunculus excitet Hector.
> Virgile.

L'avenir se cachait sous des nuages sombres,
Lorsqu'un éclair nouveau vint dissiper ces ombres;
L'Éternel, désarmé par nos vœux, par nos pleurs,
Enfin nous consola de nos longues douleurs;
L'enfant miraculeux nous rendit l'espérance.
Écoutant les transports de ma reconnaissance,
J'osai lui consacrer mes timides essais,
Et promis de le suivre en ses futurs succès.
Par trois fois répétés, mes chants[1] prouvaient mon zèle,

---

1. Sur la naissance, le baptême, et l'heureuse dentition de Monseigneur le Duc de Bordeaux.

Et, bientôt à mon prince offrant, comme modèle[1],
Le héros de la Drôme et du Trocadéro,
Je vantais tes vertus, Léonidas nouveau,
Qui, souvent éprouvé par un destin contraire,
Heureux ou malheureux, fus un dieu tutélaire.

Prêtant à ma faiblesse un appui glorieux,
LOUIS sur ces essais daignait jeter les yeux;
Mais, hélas! il n'est plus... Une mort trop prévue
Le ravit à l'amour de la France éperdue;
Que chacun à l'envi, dans son empressement,
De pleurs vienne arroser son pieux monument.
Mais, quels sons ont frappé mon oreille attentive?
C'est LOUIS, accusant notre douleur plaintive:
« MES CHERS ENFANS, dit-il, LOIN DE VOUS TANT D'EFFROI;
« CE N'EST PAS UN TRIBUT QUI SOIT DIGNE DE MOI.
« AH! RECONNAISSEZ MIEUX TOUT CE QUE JE VOUS DONNE
« DANS L'ILLUSTRE HÉRITIER QUI REÇOIT MA COURONNE;
« J'ALLAIS, RÉCOMPENSANT CES EXILÉS FRANÇAIS,
« VICTIMES TROP LONG-TEMS DES PLUS AFFREUX FORFAITS,
« CICATRISER ENFIN DANS CES AMES SI PURES
« DES RÉVOLUTIONS LES DERNIÈRES BLESSURES;
« CE BIEN QUE MON AMOUR POUR VOUS SUT MÉDITER,

---

1. Le Duc d'Angoulême, dans mes vers sur la guerre d'Es-
pagne.

« Mon digne successeur saura l'exécuter. »
Voilà les mots sacrés qu'il nous a fait entendre.
Offrons un juste hommage à sa royale cendre;
Quoi! par de vains regrets, par des pleurs superflus,
Croirions-nous honorer ce moderne Titus,
Qui surpassa si bien par sa fin admirable
Ce que les temps passés ont de plus mémorable?
En vain il a rejoint ses immortels aïeux;
De nombreux souvenirs le font vivre à nos yeux.
Il revit dans ses lois, impérissable ouvrage,
Et dans le successeur d'un si bel héritage.
Oui, ton frère, ô Louis, remplissant tes projets,
Saura rendre au bonheur tes fidèles sujets;
Tes vœux seront comblés, c'est là ta récompense;
Toi qui, naguère encore, exerçant ta clémence,
Disais, en détachant les fers d'un prisonnier :
« Que ne puis-je laisser cette grace a signer,
« Afin qu'a l'univers un tel exemple enseigne
« Qu'un fils de saint Louis commence ainsi son règne. »
Tu n'avais pas formé des souhaits superflus;
Il sera, comme toi, protecteur des vertus,
Cherchant la vérité pour rendre la justice.

Et, peut-il ne pas être un dieu toujours propice,
Celui qui, sur ce sol trop long-temps attristé,
Fit luire un jour de paix et de félicité,
Dissipa d'un rayon nos obscures tempêtes,

Par sa présence auguste encouragea nos fêtes,
Et, daignant relever les esprits abattus,
A dit : « RIEN N'EST CHANGÉ, C'EST UN FRANÇAIS DE PLUS. »
Sur le trône des lis, ô France, tu contemples
Un prince que la Grèce eût placé dans ses temples.
Tel l'astre bienfaisant, qui brille dans les cieux,
Enrichit nos sillons de ses dons précieux :
Tel un fleuve fécond, descendu des montagnes,
De ses fertiles eaux arrose nos campagnes :
CHARLES-LE-BIEN-AIMÉ, pour ses jours les plus beaux,
Compte ceux qu'il consacre à des bienfaits nouveaux.
Quel autre, mieux que lui, signale sa puissance
Par des soins paternels, et par sa bienfaisance ?
Quel autre, mieux que lui, nous rappelle HENRI ?
Il entrait, au milieu de son peuple chéri ;
A tous il témoignait sa royale tendresse,
Et portait dans les cœurs la plus vive allégresse ;
Mais, le ciel obscurci se fondait en torrens,
On l'invite à quitter d'humides vêtemens :
« EN AVEZ-VOUS, dit-il, POUR MA NOMBREUSE SUITE ? »

Une femme, à grands cris, vers lui se précipite,
D'une juste demande espérant le succès,
Et veut jusqu'à son Roi se frayer un accès ;
C'est en vain cependant qu'elle s'est élancée,
Les gardes rigoureux trois fois l'ont repoussée ;
CHARLES la voit, vers elle il dirige ses pas,

Et, daignant écarter les lances des soldats,
Il dit, en l'accueillant avec l'accent d'un père :
« Entre mon peuple et moi point d'arme meurtrière. »

Emporté par l'élan de son cœur généreux,
Avec son digne fils, il visite ces lieux [1]
Qu'habite le malade accablé de misère ;
Et dit, en découvrant son toit héréditaire :
« Il est bien qu'un monarque ait toujours sous les yeux
« Ses sujets que poursuit un destin rigoureux. »

Il n'a pas oublié le palais solitaire [2],
Séjour des vétérans de l'honneur militaire.
Avec eux confondu devant le saint autel,
Il se jette à genoux, invoquant l'Éternel ;
Puis, il veut que leur foule entoure en sa présence
Cette table où l'état entretient la vaillance ;
Dans un cristal vulgaire il goûte la liqueur
Qui dans leurs sens glacés rappelle la vigueur,
Et s'écrie : « A vous tous, braves compagnons d'armes ! »
Pour la première fois leur arrachant des larmes,
A quarante vieillards, en leurs rangs de valeur,
Il donne de sa main le signe de l'honneur.
Il part, accompagné de leurs cris d'allégresse.

---

1. Le Roi à l'Hôtel-Dieu.   2. Le Roi à l'Hôtel des Invalides.

Pour échauffer vos cœurs, studieuse jeunesse,
Il entre à cette école[1], où, pour les plus hauts rangs,
La France avec orgueil voit croître ses enfans,
Et de jeunes guerriers, qu'enflamme un noble zèle,
Recueille chaque année une moisson nouvelle;
Bientôt, à leur pasteur, dont les discours secrets
L'ont quelque temps instruit des plus saints intérêts,
Il accorde, en faveur d'une ardeur si pieuse,
D'un ordre vénéré la marque glorieuse.

Mais, puis-je, me livrant à de justes transports,
Répéter de nouveau, dans mes faibles accords,
Ces traits déjà gravés au temple de mémoire?
En vain je tenterais d'embrasser tant de gloire.
Ma muse doit produire encore d'autres chants.
Accepte mon tribut, accepte mon encens,
Qu'à tes futurs succès naguère ma jeunesse,
Peut-être imprudemment, promit dans son ivresse.

Enfant donné du ciel, fils d'un héros martyr,
Toi, qui semblas éclos de son dernier soupir,
Race de tant de rois, prince dont le jeune âge
Nous offre de leur gloire un fortuné présage,

---

1. Le Roi à l'École polytechnique, où il nomme M. l'abbé
Martin de Noirlieu chanoine de Saint-Denis.

Imite avec ardeur cet exemple immortel

De celui qui pour toi porte un cœur paternel.

A ses sages leçons heureusement docile,

De tes sujets ton cœur sera toujours l'asile;

Des services rendus gardant le souvenir,

Prompt à récompenser, et tardif à punir,

A tous également tu rendras la justice.

France, n'en doute plus : sous son heureux auspice,

Tu vas voir s'accomplir, ô France! ô mon pays!

Les destins autrefois présagés à Clovis.

Non, ce n'est pas l'erreur d'un vaine espérance.

Comme un soleil de gloire, inaltérable, immense,

La France, au premier rang parmi les nations,

Sur elles répandra ses bienfaisans rayons.

Cédant à nos désirs, la paix riante et pure

Ne nous cachera pas sa brillante ceinture,

Ce gage fortuné des plus tranquilles jours.

La guerre, au char de fer, traîné par des vautours,

Ne pourra réveiller ses hideuses tempêtes,

Ni préparer pour nous de nouvelles conquêtes.

Les Français généreux n'adresseront leurs traits

Qu'à ceux qui troubleraient les douceurs de la paix.

Qu'il tremble alors, celui dont la main téméraire

Allumant follement le flambeau de la guerre,

Oserait insulter à l'empire des lys.

Que de chefs nous avons sous les lauriers vieillis!

Et, s'il nous en manquait, eh bien, des rives sombres,
Nous saurions évoquer ces immortelles ombres,
Ces Créqui, ces Dunois, ces Condés, ces Bayards,
Qui firent respecter jadis nos étendards.

Mais, ô vous, envoyés de la ville fidèle,
Qui, dans un pareil jour, sut signaler son zèle,
Et toi, le vétéran [1] de la fidélité,
Qui, par tes vœux ardens, saintement emporté,
Des illustres époux facilitas l'entrée,
Et sus rendre aux souhaits de la France éplorée
Les dignes rejetons de nos antiques rois;
Mes esprits étonnés ont reconnu ta voix...
Oui, celui qui, bravant une troupe rebelle,
Du plus beau dévoûment fit briller le modèle,
Et d'un peuple opprimé généreux protecteur,
Fut décoré du nom de pacificateur,
Ranimerait les feux de son ardeur guerrière,
Pour faire au loin flotter notre blanche bannière.

Je vous entends aussi, braves Helvétiens,
Mêlés depuis long-temps avec nos citoyens.
CHARLES vous a donné, pour payer vos services,

---

1. Le comte de Lynch, pair de France, maire honoraire de
Bordeaux.

Et commander en chef vos nombreuses milices,
Le digne sang des rois, notre espoir et son fils,
Qu'instruira son exemple à soutenir les lis.
O généreux Dauphin, enfant de la victoire,
Ton bras lui prêterait l'égide de ta gloire;
Et bientôt, fatigué d'un timide repos,
Il saurait à l'honneur conduire nos drapeaux,
Ne voir dans les combats que de nouvelles fêtes,
Et changer de plaisir en volant aux conquêtes.
Nous n'aurions pas recours, dans une autre Scyros,
A des mensonges vains pour trouver ce héros;
Dans la plaine aussitôt on le verrait descendre;
Marquant, comme Condé, son âge le plus tendre,
Par les nobles efforts d'une rare valeur,
Henri de nos lauriers rajeunirait l'honneur.
Non, il n'est pas semblable à ce fol Alexandre,
Qui, trop impatient de tout réduire en cendre,
Voyant Philippe heureux de lauriers se charger,
Craignait de n'avoir pas un monde à ravager.
Il veut dans tous les cœurs établir sa puissance;
Notre bonheur sera sa pure jouissance;
Appelé chaque jour à faire des heureux,
Jamais l'occasion ne trompera ses vœux.
Cieux, veillez sur ses jours, qu'une nuit trop cruelle
N'aille pas éclipser une aurore si belle!
Puisse-t-il, secondé dans ses projets nouveaux,
D'infaillibles succès couronner ses travaux!

Et toi, que vient fêter la ville courageuse,
Qui te reçut des flots d'une mer orageuse,
Pour effacer trente ans de discorde et d'horreurs,
Et ramener enfin l'espérance en nos cœurs;
Toi qui, dans le degré qui double ta puissance,
Ne vois qu'un champ plus vaste à tant de bienfaisance;
Toi qui, vers moi naguère abaissant ta grandeur,
A mon père promis d'être mon protecteur,
Ah! puisse de mes chants l'hommage trop vulgaire
Attirer tes regards, et ne pas te déplaire!

ADOLPHE DE CRÉCY CHAMPMILON.

Paris, le 12 mars 1825.